L'HÉROÏNE
D'ALSACE

RÉCIT EN VERS

PAR

EUGÈNE BEAUFORT

PRIX : 50 CENTIMES

PARIS

E. LACHAUD, ÉDITEUR

4, PLACE DU THÉÂTRE-FRANÇAIS, 4.

1871

L'HÉROÏNE

D'ALSACE

RECIT EN VERS

PAR

EUGÈNE BEAUFORT

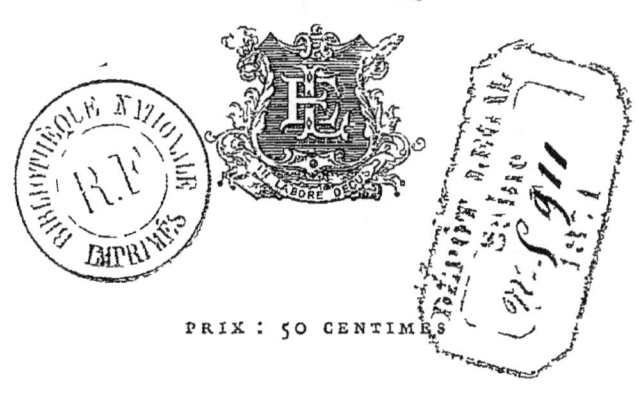

PRIX : 50 CENTIMES

PARIS

E. LACHAUD, ÉDITEUR

4, PLACE DU THÉATRE-FRANÇAIS, 4.

—

1871

L'HÉROÏNE

D'ALSACE

C'était une nuit noire, épaisse, de janvier ;
Les ténèbres régnaient sur le pays entier.
Je m'étais accoudée au vieux balcon de pierre
Qui semble s'élancer des murs de la chaumière
Comme un grand cygne blanc qui va prendre son vol
Mes yeux étaient fixés sur quelque point du sol.
Je regardais sans voir. La brise fugitive,
Qui me glaçait le front dans sa course trop vive,
De temps en temps jetait comme de longs échos
Que l'on entend le soir aux portes des tombeaux.
Des murmures lointains avec des voix rampantes
Se mêlaient dans la brise à d'autres voix puissantes ;
Et j'écoutai longtemps, ne les comprenant pas,
Ces plaintes que la nuit fait entendre là-bas,
Sous les murs des jardins... Quelques flocons de neige

Tombaient en tournoyant jusqu'aux pieds de mon siége,
Après avoir erré sur ma tête un instant.
La terre se couvrait d'un voile blanchissant.
Il faisait froid. Ma main appuyée à la tempe
S'était presque engourdie, et l'huile de ma lampe
Avait gelé peut-être, — elle n'éclairait plus.
Le vent souffla moins fort, et les bruits inconnus,
De longs échos, les voix que j'avais entendues
Comme des chants de nuit et qui se sont perdues,
S'élevèrent ensemble à notre vieux balcon !
Je me sentis courir dans le dos un frisson !
J'eus peur !... et, replongeant mon regard dans cette ombre,
Me courbant pour mieux voir d'où partait le bruit sombre,
Ces plaintes qui font peur quand on écoute seul,
Je vis trembler la neige en ses plis de linceul !
— Alors, alors revint en moi, rayon sublime,
Un souvenir lointain, confus, que rien n'exprime,
Plus vague que le souffle emporté par le vent,
De quelque chose enfin vue au soleil couchant !
Oserai-je le dire ? et pourtant mon ouïe...
Eh bien, oui ! le combat, la bataille inouïe
Qui fit crier le fer et le cuivre rugir !
Ah ! j'avais vu des morts avant de m'endormir !...
Je ne respirais plus, — c'étaient des vivants pâles
Tous ces cris exhalés étaient de derniers râles !
Quelques-uns plus aigus que les autres mourants,
Plus distincts, s'adressaient, je crois, à des parents,

A des fils éloignés, à des sœurs, à des frères!

Qu'elles sont tristes, Dieu, les minutes dernières!

A ce sombre moment une rouge lueur,
D'une torche allumée au sein de cette horreur,
Vint jeter ses reflets sur les débris immondes,
Qui me parurent être autant de têtes blondes,
Dont les lèvres encore ouvertes à demi
Voulaient dire des mots, appeler un ami;
Qui sait? — peut-être dire à l'épouse, à la mère
De venir pour fermer une cave paupière!
Qui pourrait dire enfin si ces corps palpitants,
D'une effrayante orgie ô restes infamants!
Ces cadavres noircis au milieu de la poudre
Quand l'éclair devant eux passait comme la foudre,
Ces êtres remuant leurs bras, leurs mains, leurs os
Ne demandaient l'aumône à de profonds tombeaux?
Que ce deuil était triste! et ce silence sombre
Qui, par instants, régnait comme ainsi règne l'ombre!

Quand je fus lasse enfin de voir tous ces débris,
Encore palpitante et les yeux tout meurtris,
Je voulus m'assurer si mon père et mon frère
—Que j'avais vus partir comme on part à la guerre—
Étaient rentrés chez nous; je descendis en bas
Dans la petite salle où l'on fait les repas :

Sur un vieux banc de bois ma mère était couchée,
Elle ne dormait pas ; je m'étais approchée
Du lit, au coin de l'âtre encor sans feu, je vis
Qu'il était vide ! — Au mur, pendait un crucifix,
Noirci par la poussière et le visage blême.
Je fus saisie au cœur d'une douleur extrême.
Devant la couche vide et devant le foyer,
Portant déjà le deuil aux pauvres familier,
Je fléchis les genoux et dis une prière
Tout bas, le front courbé ; puis quand j'eus fini : — Père
N'est donc pas là, maman? sais-tu?... — Je ne sais pas,
Me dit-elle en tremblant. — Et mon frère? — Là-bas...
Ce fut tout. Par le froid, par les pleurs épuisée,
Par la grande douleur et l'attente brisée,
Elle n'espérait plus les revoir tous les deux ;
— C'était des mauvais jours le rêve malheureux !
Je me tenais debout, muette devant elle,
Partageant de son cœur une peine mortelle,
Quand la porte grinçant sur ses deux gonds rouillés
Laissa passer une ombre, un homme aux yeux fouillés
Par la douleur peut-être et le visage sombre ;
Je reconnus mon père au milieu de cette ombre,
Il marchait lentement et courbé ; ses effets
Étaient tout en lambeaux ; et je vis aux reflets
De notre lamperon qu'il coulait sur sa joue,
D'une blessure au front, du sang mêlé de boue !
Je lui mis un bandeau pour refermer un peu

Sa balafre effrayante et j'allumai du feu.
L'hiver était si froid! Une flamme bleuâtre
En longs bras flamboyants inondait bientôt l'âtre,
Et donnait sa chaleur et sa vive clarté
Aux pauvres villageois criant : Fatalité!

Puis je me recouchai, les yeux gros dans la tête,
Encore tout émue au vieux chevet honnête.
Je me signai deux fois. J'appréhendais toujours
De voir d'autres uhlans—c'étaient les mauvais jours—
Que mes yeux larmoyants ne voulaient plus se clore,
Craignant d'être surprise en la veille incolore
Par ces sombres vautours qui manœuvrent la nuit,
Quand la tempête gronde et que l'éclair reluit.
Mais j'essayais en vain de m'endormir encore,
De trouver du repos en attendant l'aurore;
Quelque chose d'affreux passait sans cesse en moi,
M'agitait le cerveau, l'amour, l'honneur, la foi!
Je ne sais pas... la nuit était d'un deuil si triste... si triste;
La guerre nous avait tous pris à l'improviste.
Aux fantômes sanglants des combats je rêvais!...
Mais quel que fût ce rêve, avant tout je devais
Penser au pauvre absent, à celui qui, dans l'ombre
De la nuit mugissante, entre des voix sans nombre
S'élevant à la fois plaintives dans le ciel,
Jetait son râle tendré à l'ange fraternel!
A ce souvenir, Dieu! je sentis l'étincelle

De la fraternité me traverser l'aisselle !
Je sentis bouillonner mon sang au fond du cœur !
Et je tremblais pourtant d'une secrète horreur !...
Ah ! qu'importe après tout la vie et le silence,
La chaumière et son feu, si longtemps son absence
Prolongeait mon martyre et me faisait souffrir !
Je descendis du lit, résolue à mourir.
Le bruit se ranimait. Ma mante sur l'épaule,
Une lanterne en main, j'allai jouer mon rôle !

A l'horloge du bourg, au loin, sonna minuit.
Je me signai, — c'était l'Angelus de la nuit.
J'attendis que l'airain, la nuit effroi du monde,
N'eût plus trouvé d'écho dans la plaine profonde.
Je voyais des chariots de blessés, des fourgons
Qui s'éloignaient dans l'ombre en rasant les maisons,
Après avoir jeté des espèces de râles
Qui s'échappaient sans doute entre des lèvres pâles !
Des Prussiens mourants, des Français écloppés,
D'autres, les mains, les bras ou les jambes coupés,
Les vivants et les morts se plaignaient quand la roue
Passant sur tous leurs os en faisait de la boue !
Et leurs cris arrachés aux longs cris des essieux
Se mêlaient dans la nuit en un concert affreux.
Je descendis du seuil de la vieille chaumière,
Pensant y revenir quand la douce lumière
Du jour aurait relui sur la cime des bois,

Montrerait moins de deuil sous nos malheureux toits,
Et ferait fondre un peu ce givre et cette neige
Qui flottaient sur des corps comme sur l'eau le liége.
Des regards s'étaient clos après avoir senti
Sur leur paupière en feu le doigt appesanti
Du fantôme effrayant de la noire bataille,
Qui fauche dans les rangs une vivante paille,
Et jamais ne s'arrête à la brume du soir,
Il marche toujours, seul, quand le ciel est bien noir !

Devant tous ces monceaux, — où n'était pas mon frère, —
En passant, je disais quelques mots de prière,
Palpitante d'horreur et tremblante de froid ;
Et toujours j'avançais, ignorant quel endroit
Serait le but certain de ma course inquiète,
Terrible, à travers champs, dans la plaine muette.
J'allais je ne sais où, rien ne guidait mes pas.
J'écoutais les soupirs qui s'échappaient des tas...
Puis la tête baissée, et dans les yeux des larmes,
Me heurtant contre un mort ou passant sur des armes,
Comme le vent du nord qui me poussait, je crois,
J'allais en grelottant m'enfoncer dans le bois.
Mais là je m'arrêtai « Garde à vous, sentinelle ! »
En allemand soudain retentit de plus belle.
Je compris que j'étais allée un peu trop loin ;
Mais la plaine des morts, elle ne s'arrêtait point !
J'avais toujours marché, loin de notre demeure,

Sans avoir de fatigue et sans joie intérieure,
Pas plus que je n'avais d'espoir de trouver Louis,
Ce frère bien-aimé dont j'écoutais les cris.
J'étais bien épuisée, et le vent à la joue
Me crépissait la neige et le froid et la boue !
Mes doigts étaient gelés à la poignée en fer
De ma lanterne sourde ; à mon front, recouvert
Du petit capuchon de ma légère mante,
Pendait toute glacée une perle fondante,
Plus froide que le vent qui mugissait encor
Dans l'épaisse forêt aux branches de bois mort !
Mais c'était pour mon frère — un tendre ami qu'on aime !

Je vis luire tout près, d'une pâleur extrême,
La flamme d'un bivouac qu'on faisait vers le bois
Du côté de la ville, où j'allais quelquefois.
Je m'y rendis   c'était le feu de l'ambulance :
Des hommes étaient là, souffrant dans la souffrance,
Pour se faire soigner par ces dévoués amis,
Chirurgiens, frères, sœurs, bravant tous les défis
De la froide saison où la neige sanglante,
Sous de nouveaux flocons de blancheur éclatante,
Cache dans tous ses plis des restes palpitants,
Des cadavres muets ; l'airain ; des ossements !

Je me chauffai les doigts à la flamme blanchâtre,
Liqueur qui rend la vie au seigneur comme au pâtre,

Fait luire l'espérance au front du désespoir,
Et phare éblouissant au chemin du devoir !
Il régnait tout autour un petit air de fête,
Un rire quelquefois... peut-être malhonnête.
Sans doute que ceux-là, presque tous Allemands,
N'avaient point à pleurer d'amis ni de parents.
Mais je ne leur dis rien. Une sœur de la ville,
Qui m'avait reconnue en ce moment hostile,
Vint vers moi, timide, humble, elle n'avait rien vu...
Ses larmes qui coulaient m'ont seules répondu !

Alors je m'en revins du côté du village,
Plus triste que jamais, rompue et sans courage :
J'avais perdu l'espoir de le trouver vivant.
Si la neige bougeait, je m'arrêtais, pourtant,
Tout à coup je vis luire, un peu loin, une flamme
Touchant presque le ciel ! — je tressaillis dans l'âme !
La ferme de Saint-Pol, immense foyer bleu
Éclairait la campagne aux clartés de son feu !
Je vis des tourbillons les rouges étincelles
Qui, s'élevant dans l'air en gerbes d'or nouvelles,
Eclairaient sur la plaine, avant de se ternir,
Les débris de l'airain, qui n'osait plus rugir,
Des drapeaux déchirés naguère si célèbres,
Et s'éteignaient enfin au bruit de voix funèbres !
Le crépuscule en deuil, de l'ombre usurpateur,
Embrasait l'horizon mugissant de terreur !

Le vent soufflait plus fort, ranimait l'incendie
Au voile palpitant sur la plaine assombrie,
Et de chaque côté la flamme s'allongeait
Vers la voûte du ciel qui déjà rougissait!
— Ah! si j'avais tenu, horde de l'esclavage
Qui portes de Judas les marques au visage,
Dans ma main, tes geôliers, tes aigles, tes drapeaux,
Je les aurais broyés en dix mille morceaux!

Devant notre maison, que j'avais aperçue
De loin, j'arrive enfin. — C'était une heure indue!
Une foule compacte encombrait ses abords
Du côté de Saint-Pol, et de l'autre les morts.
On criait, on hurlait; des torches résineuses
Jetaient sur leurs shakos des clartés ombrageuses.
Je me fis un passage en les poussant des mains.
Ma colère grondait contre tous ces Germains.
J'entrai dans la maison   la porte était ouverte.
Je crus bien cette fois entrevoir notre perte.
Dans la salle on chantait d'immorales chansons,
 On buvait à plein verre aux lueurs des tisons,
Pêle-mêle couchés et la figure rouge,
On aurait dit des gueux sur le carreau d'un bouge!
Une flamme verdâtre éclairait ce festin,
Encor plus repoussant que celui de l'airain!
Ils avaient tout brûlé! plus de lit dans la salle,
Plus de meubles, plus rien! — La bande se régale!

Je sortis dans la cour, folle, — je le conçois, —
J'allais en tâtonnant m'asseoir comme autrefois
Sur le banc, au-dessous de la grande fenêtre,
Quand je vis, — ô douleur que ce moment fit naître!
Crime! crime plus noir que leur vil aigle noir!
Je vis, — non, c'en est trop! misérable devoir! —
Mon pere sanglotant, étouffé par la corde
Où l'avait attaché cette exécrable horde!
On faisait cercle autour de son corps expirant,
Et des rires affreux reçurent son enfant!
Je m'avançai vers lui, pleine d'horreur, tremblante,
Pour lui parler; — trop tard! — la mort, riche mendiante,
Ne m'avait pas laissé le temps de recueillir
A sa lèvre rougie un souffle, un seul soupir!
Je lui fermais les yeux lorsqu'une main infâme
Me poussa brusquement, sans que je le réclame,
Vers le mur du jardin, qui touche le pignon,
Où j'allai m'écorcher les genoux et le front,
En glissant sur la glace ou la neige gelée
Qu'en cet endroit le vent avait amoncelée.
Je voulus m'accrocher aux pierres qui saillaient,
Pour sortir de ce gouffre où mes pieds se gelaient;
Quelque chose de dur à ma main se présente,
D'abord un vêtement, une espèce de mante :
Je promène ma main dans tous ses plis mouillés;
De cinq petits trous ronds, que mes doigts ont fouillés,
Coulait abondamment une épaisse matière...

J'eus peur! j'ouvris les yeux! et devant moi ma mère!
Oui. Je crus faire un rêve! — et non; elle était là,
Immobile, muette et pâle! — O mère, va,
Je saurai te venger sur la bande vandale!
Murmurai-je tout bas... Quelle souffrance égale
Celle que je sentis dans les plis de mon cœur!
Jusque dans l'âme! — O race, ô peuple envahisseur!
Qui traînes au talon le meurtre et la misère,
Entends-moi te maudire en bénissant ma mère!

Ivre de ma vengeance, aussi juste, je crois,
Que la justice dont sont écloses les lois,
J'allai jusques au seuil de la sombre chaumière,
Dire tout bas encore une courte prière,
Et je fermai la porte à clef, à double tour;
— Que personne n'en sorte avant le clair du jour!
Puis je m'en allai loin, bien loin, baissant la tête,
Ennuyée; en mon sein murmurait la tempête
Aux longs éclairs de haine, aux roulements lointains
Qui font frémir le cœur et l'âme! Je revins.
Je fis quatre ou cinq fois le tour de la muraille,
Où dépassaient du toit quelques gros brins de paille
Sous la mousse couverte en couches de glaçons,
Dont le vent qui soufflait faisait sortir des sons.
Je compris... et ma main effleurant le vieux chaume...
Je ne sais déjà plus!... Mais on vit un grand dôme
De fumée emplir l'air! les flammes mugissaient,

Criaient en s'échappant des murs qui pâlissaient!
Le feu! le feu! tout brûle! Un long cri de détresse
S'élança du foyer comme des chants d'ivresse;
Les murailles croulaient avec un grand fracas;
Au clocher du village on entendait le glas!...
— Criminelle comme eux, dis-je, mon Dieu, pardonne!
Autour de moi la foule; une meute bourdonne;
On m'enchaîne les mains, les bras, les pieds aussi;
Dans la boue on me traîne ensanglantée ici!
C'est ici que j'attends ma dernière journée!
Mon dernier jour! demain!. . car ils m'ont condamnée!
Demain je serai forte! — On me fera souffrir?
— Mais je leur montrerai comment je sais mourir!
Comme vous, mes parents; comme toi, douce mère,
Qui tombas sous leurs coups sans doute la première,
Courageuse, héroïque! et tous ces lâches, eux,
N'ont-ils dû tressaillir à l'éclair de tes yeux!
Va, je les braverai quand la poudre fumante
Voilera tous leurs fronts de son aile sanglante!

Dans une heure peut-être on me verra passer,
Avant qu'ait lui l'aurore, et leur disant : — Frappez!

1870.

Imprimé

PAR J. CLAYE

LE 25 NOVEMBRE M D CCC LXXI

A PARIS

IMPRIME PAR J. CLAYE

7, RUE SAINT-BENOIT

A PARIS

www.ingramcontent.com/pod-product-compliance
Lightning Source LLC
Chambersburg PA
CBHW061527170626
46811CB00004B/1873